A. Winter

Die Welt ist ehrlich!

Lustspiel in 3 Akten, frei nach dem Französischen

A. Winter

Die Welt ist ehrlich!

Lustspiel in 3 Akten, frei nach dem Französischen

ISBN/EAN: 9783743475441

Hergestellt in Europa, USA, Kanada, Australien, Japan

Cover: Foto ©Andreas Hilbeck / pixelio.de

Manufactured and distributed by brebook publishing software
(www.brebook.com)

A. Winter

Die Welt ist ehrlich!

L. W. Both's

Bühnen-Repertoir des In- und Auslandes.

No. 282.

Die Welt ist ehrlich!

Lustspiel in 3 Akten,

frei nach dem Französischen

von

A. Winter.

Berlin, 1873.

Druck und Verlag von A. W. Hayn's Erben.

(C. Hayn, Hof-Buchdrucker.)

Preis: 10 Sgr.

Personen.

Weichbrod, Rentier.

Henriette, feine zweite Frau.

Ludwig, beider Sohn.

Franz, Weichbrod's Bruder.

Theodor, fein Sohn.

Oberg, Kaufmann, Weichbrod's Freund.

Louife, feine Tochter.

Drüfenberg, | Schuhmacher.
Pätel, |

Schellmann.

Anna, Stubenmädchen | bei Weichbrod.
Johann, Diener |

Rechts und links vom Schaufpieler.

————————

(Liebhaber-Theatern ift die Aufführung in Gefellfchafts-Kreifen gegen Ankauf der nöthigen Exemplare geftattet.)

————————

Erster Akt.

(Eleganter Salon. Mittel- und Seitenthüren. In der Mitte der Bühne gedeckter Frühstückstisch. Links Tisch. Rechts Sofa.)

———

Scene 1.

Henriette. Ludwig. (Dann) **Anna** (und) **Johann.**

(Henriette sitt auf dem Sofa und stickt, Ludwig auf dem Sessel neben ihr.)

Henriette. Deine vertraulichen Mittheilungen sind aber meiner Arbeit nicht förderlich.

Ludwig. Was thut das?

Henriette. Louise dürfte anders darüber denken — diese Stickerei ist mein Beitrag für ihre beabsichtigte Wohlthätigkeits-Lotterie — sie wollte ihn heute abholen.

Ludwig. Sehr gut! — Und Du wirst mit ihr sprechen?

Henriette. Allerdings — setze Du Dich unterdeß mit dem Vater in Verbindung; hoffentlich steht Eurer baldigen Vereinigung nichts mehr entgegen. (Johann tritt ein, setzt eine Schüssel auf den gedeckten Tisch und stellt Stühle davor.)

Johann. Es ist aufgetragen, Madame!

Henriette (zu Johann). Rufen Sie den Herrn! (Johann ab. Zu Ludwig.) Papa schreibt an seine Miether, daß er sie steigert.

Ludwig (lachend). Papa Miether steigern — das ist ja unmöglich —

Henriette. Aber wahr! Es hat mich auch Mühe gekostet, ihn dahin zu bringen — die Leute wohnen noch beispiellos billig für jetzige Verhältnisse — er entgegnete mir immer, das wären keine Miether, sondern Freunde, die er fürchten müsse zu verlieren.

Ludwig. Der gute Vater — er hat das beste Herz von der Welt.

Henriette (Weichbrod bemerkend, der mit einem Papier von links kommt). Da ist er! (Sie steht auf, ebenso Ludwig.)

1*

Scene 2.

Henriette. Ludwig. Weichbrod. (Dann) Johann.

Henriette (zu ihrem Manne). Nun, bist Du fertig?

Weichbrod. Fertig! — Das geht nicht so schnell — ich habe mir erst ein kleines Brouillon aufgesetzt.

Henriette. Welche Umstände!

Weichbrod. Man muß den Leutchen doch erst ein Bischen freundlich thun. — Höre einmal. (Liest.) „Mein Herr" — (sprechend) Mein Herr — klingt barbarisch hart — gegen einen Menschen, von dem man seit zwanzig Jahren Geld bekommt —

Henriette. Dann schreibe doch „verehrter Herr."

Weichbrod (mit einem Bleistift verbessernd). „Verehrter Herr" — ja — das macht sich besser — (Lesend.) „Seien Sie überzeugt, daß ich nur mit blutendem Herzen die Feder ergreife" — (Sprechend.) Entsetzlich trocken!

Ludwig. O nein.

Weichbrod (weiter lesend). „Aber Gründe, die Sie würdigen werden, wenn ich sie Ihnen mitgetheilt habe, nöthigen mich zu einer ernsten Entschließung" —

Ludwig. Sehr gut!

Henriette. Nun — weiter!

Weichbrod. Weiter bin ich noch nicht.

Henriette und Ludwig. Wie!?

Weichbrod. Was ist denn da zu erstaunen? — Ich verspreche ihnen Gründe — ja, wenn ich nur welche wüßte! — Mein Haus ist dasselbe geblieben, seit sie bei mir wohnen, es ist nicht vergrößert, nicht verschönert — im Gegentheil, es ist wackeliger geworden — da müßte man eigentlich die Miethen heruntersetzen — da wäre doch noch Logik drin.

Henriette. Aber alle Wirthe steigern doch, Julius —

Weichbrod (sich ereifernd). Freilich — ist auch höchst miserabel von ihnen — grausam.

Henriette. Gut — sprechen wir nicht mehr davon; laß uns frühstücken.

Weichbrod. Nein — ich habe keinen Hunger — solchen Brief zu schreiben, da vergeht Einem der Appetit.

Henriette. Dann schreibe ihn später — zum nächsten Quartal.

Weichbrod (entzückt). So ist's recht — da fallen mir vielleicht auch Gründe ein — (Man setzt sich.) Wißt Ihr schon, daß mein Bruder Franz heute ankommt?

Henriette. Sein Zimmer ist bereit.

Ludwig. Onkel Franz steigert gewiß seine Miether; darauf möchte ich wetten.

Weichbrod. Wenn er Gründe hat, thut er recht — wenn ich erst Gründe habe, bin ich auch fest — wie Eisen. — Denkt einmal an unseren vorigen Kutscher — Wilhelm —

Henriette. Der sich alle Tage betrank —

Ludwig. Und uns jede Woche dreimal umwarf.

Weichbrod. Richtig — und den ich mit unerbittlicher Strenge fortjagte.

Henriette. Das heißt — ich habe ihn eigentlich —

Ludwig. Mama hat ihn entlassen, und Du hast ihm durch Johann zehn Thaler geschickt, als er gehen sollte.

Weichbrod. Ah — Johann ist ein Schwätzer — gieb mir ein Glas Wein, Ludwig.

Ludwig (ihm einschenkend). Sage einmal, Papa — gestern an der Börse sprach man allerlei über Deinen Banquier, Herrn Meyer — es soll nicht gut mit ihm stehen.

Weichbrod. Oh, mein Gott! — der arme Mann — ich werde mich gleich nach seinem Befinden erkundigen lassen.

Ludwig. Du mißverstehst mich, Papa — mit seinen Ge= schäften soll es schlecht stehen.

Weichbrod. So? Thut mir ebenfalls sehr leid —

Ludwig. Ganz natürlich — Du hast 70,000 Thaler bei ihm stehen. Willst Du sie nicht baldigst zurückziehen?

Weichbrod. Wo denkst Du hin? — In diesem Augenblick — das müßte ihn ja auf's Aeußerste verletzen.

Henriette (bei Seite). Den Mann belehrt keine Erfahrung! (Laut.) Drüsenberg, Dein Schuhmacher, wollte Dich heute Morgen sprechen — Du schläfst noch — er wird wiederkommen.

Ludwig. Auch ein Miether, der nur mit Redensarten bezahlt.

Weichbrod. Mit 'nem sorgenvollen Familienvater muß man es so genau nicht nehmen. Er restirt ja erst 6 Quartale.

Ludwig. Erst sechs Quartale!!

Weichbrod. Ja, nur sechs. Und dabei zahlt er noch stets auf Abschlag — erst vorige Woche hat er mir drei Paar Stiefel gebracht.

Henriette. Die Du nicht bei ihm bestelltest.

Weichbrod. Ganz richtig. — Um so reeller, daß er selbst auf die zarte Idee gekommen. Die Welt ist ehrlich!

Henriette. Ja wohl, durch diese Zartheit bist Du schon im Besitz von zwanzig Paar neuer Stiefel, die im Spinde allmählich vertrocknen.

Johann (eintretend). Herr Drüsenberg — er sagt, er käme wegen der Miethe.

Weichbrod (triumphirend) Seht Ihr wohl, da habt Ihr den pünktlichen Mann! — eine wahre Wohlthat, daß ich ihn nicht ge-mahnt habe. (Zu Johann.) Die Welt ist ehrlich. Lassen Sie ihn herein. (Johann ab, indem er den Tisch bei Seite trägt und die Schüssel und Teller mitnimmt. Zu Henriette und Ludwig.) Glaubt mir nur, ich kenne meine Leute! (Drüsen-berg tritt auf; Weichbrod steht auf; Henriette und Ludwig bleiben sitzen.)

Scene 3.

Weichbrod. Henriette. Ludwig. Drüsenberg.

Weichbrod. Nur näher, lieber Drüsenberg! —

Drüsenberg. Zu gütig, Herr Weichbrod —

Weichbrod. Setzen Sie sich, lieber Drüsenberg —

Drüsenberg. Danke schönstens — ich bin nicht müde —

Weichbrod. Wie gehen die Geschäfte?

Drüsenberg (sein Maaß aus der Tasche ziehend). Miserabel, Herr Weichbrod — (Kniet vor Weichbrod nieder und nimmt ihm Maaß.)

Weichbrod. Was machen Sie denn da?

Drüsenberg. Na — morgen ist ja der Erste, werthester Herr Weichbrod — (Steht auf.)

Henriette (leise zu ihrem Mann). Siehst Du wohl — das alte Lied. —

Weichbrod (leise). Ich werde mit ihm sprechen — das geht so nicht weiter. (Laut.) Herr Drüsenberg — ich bitte Sie, es nicht übel zu deuten, — aber ich muß Ihnen gestehen — mein Vorrath von Stiefeln ist wirklich schon kolossal — (durch einen Blick seiner Frau er-muthigt, mit Energie). Ich habe heute allerdings Geld erwartet.

Drüsenberg. Herr Weichbrod, glauben Sie der Versicherung eines ehrlichen Mannes —

Weichbrod (wieder weicher, mit gedämpfter Stimme). Nicht das Ganze — aber doch etwas Geld —

Drüsenberg. Sehen Sie, lieber Herr Weichbrod — erst heute Morgen sagte ich zu meiner Frau: Auguste, sagte ich, es muß doch ein rechtes Glück sein, pünktlich seine Miethe bezahlen zu können —

Weichbrod. Sehr achtungswerthe Gesinnung, lieber Drüsenberg.

Drüsenberg. Aber die Schusterei geht zu schlecht — die Be= locipeden nehmen uns noch den letzten Bissen Brod — ich kann wahr= haftig nichts dafür, Herr Weichbrod —

Weichbrod (zu Frau und Sohn)= Da hört Ihr's doch — er kann nichts dafür.

Drüsenberg. Und dann der ekliche Husten meiner Frau — ist auch nicht billig — kostet mich schon ein Heidengeld. Die kalten Stuben, Herr Weichbrod — wir können gar kein ordentlich Feuer anmachen —

Weichbrod. Kein Feuer anmachen?

Drüsenberg. Weil es so sehr raucht.

Weichbrod. Raucht? Dann liegt es also am Ofen.

Drüsenberg. Höchst wahrscheinlich — und wenn Sie vielleicht die Freundlichkeit haben wollten, uns einen neuen setzen zu lassen.

Weichbrod (zu Henriette). Das läge wohl in der Billigkeit. — Man kann doch die arme Frau nicht husten lassen. (Henriette macht ihm ein Zeichen; sich verbessernd.) Aber lieber Drüsenberg — Reparaturen unter diesen Umständen —

Drüsenberg. Wir verlangen ja auch nichts, Herr Weichbrod. — Gott bewahre — wenn Sie befehlen, machen wir kein Feuer an — wir sind stille und ordentliche Miether —

Weichbrod (bei Seite). Er hat Recht. (Laut.) Na — auf den neuen Ofen soll mir's nicht ankommen — man müßte sich am Ende Vorwürfe machen.

Drüsenberg. Danke bestens, Herr Weichbrod — aber weh gethan haben Sie mir doch!

Weichbrod. Ich Ihnen?

Drüsenberg. Sie machten ein Gesicht, als wenn Sie glaubten, daß ich meine Miethe nicht bezahlen wollte —

Weichbrod (schnell). Da haben Sie sich geirrt, lieber Drüsen= berg — vollständig geirrt.

Drüsenberg (weinerlich). Das schmerzt tief, wenn man ein ehr= licher Mann ist — und 'ne kranke Frau hat.

Weichbrob. So lassen Sie doch — es wird sich ja alles finden.

Drüsenberg. Ich habe kein Glück mehr in der Welt — leben Sie wohl, Herr Weichbrob.

Weichbrob (leise zu ihm). Machen Sie mir drei Paar — aber sagen Sie meiner Frau nichts davon —

Drüsenberg. Recht gern, Herr Weichbrob — aber ich erlaube mir, Ihnen zu bemerken, daß Ihr Fuß bedeutend größer geworden ist — Weichbrob. Das wär' die Möglichkeit!

Drüsenberg. Aber ich sage das nicht etwa, um bei dem Preise aufzuschlagen, Herr Weichbrob — für einen alten Kunden.

Weichbrob (bei Seite). Vortrefflicher Charakter. — Also drei Paar! (Laut.) Auf Wiedersehen, lieber Drüsenberg.

Drüsenberg. Mich allerseits ganz gehorsamst zu empfehlen — (zu Weichbrob) und wenn Ihr Fuß auch noch größer wird, Herr Weich= brob — keine Sorge — immer derselbe Preis. (Ab.)

Scene 4.

Weichbrob. Henriette. Ludwig. (Dann) **Johann.**

Weichbrob (sich an den Tisch setzend). Ich bin zu hart gegen ihn gewesen — die armen Leute können doch nicht ohne Feuer bleiben — wenn ich ihnen einen Ofen vermiethe, müssen sie ihn auch heizen können — das ist logisch.

Henriette. Aber sie bezahlen doch überhaupt keine Miethe —

Weichbrob. Das ist ja eine ganz andere Frage — bleib hübsch bei der Sache.

Johann (eintretend). Herr Weichbrob, es sind zwei Miether draußen —

Weichbrob (zu Henriette). Schon wieder? Sieh mal diese Pünkt= lichkeit!

Anna (tritt ein und hilft Johann den Tisch entfernen).

Weichbrob. Sie sollen in mein Cabinet treten.

Henriette (zu Ludwig). Willst Du nicht Papa begleiten?

Weichbrob. Jawohl — komm, Ludwig — wenn sie etwas verlangen, kannst Du es ihnen abschlagen. (Als sie ab wollen, tritt Theodor ein.)

Scene 5.

Vorige. Theodor.

Weichbrod. Ah, sieh da, lieber Neffe — was bringst Du?

Henriette (bei Seite). Mein Gott!

Ludwig. Guten Morgen, Theodor!

Theodor. Guten Morgen allerseits! — (Sich vor Henriette verneigend.) — Liebe Tante —

Weichbrod. Wo steckst Du denn? Ich habe Dich ja seit Neujahr nicht gesehen, früher warst Du alle Tage hier.

Theodor (verlegen). Ich arbeite viel, lieber Onkel. — Ist Papa noch nicht da?

Weichbrod. Ich erwarte ihn jede Minute — sonst wärst Du auch wohl nicht gekommen? — Entschuldige mich einen Augenblick und leiste unterdeß Deiner Tante Gesellschaft. — Komm', Ludwig! (Beide links ab.)

Scene 6.

Henriette. Theodor.

Henriette (ist inzwischen aufgestanden, legt ihre Arbeit zusammen).

Theodor (zögernd). Sie arbeiten nicht mehr, liebe Tante — ist die Stickerei schon fertig?

Henriette (mit kalter Verbeugung rechts ab).

Scene 7.

Theodor. (Dann) Franz.

Theodor. Noch immer böse. — Eine reizende Frau — aber viel zu empfindlich.

Franz (durch die Mitte mit einem Koffer). So — da wären wir — Gott sei Dank. (Setzt den Koffer nieder.)

Theodor. I, guten Morgen, Papa!

Franz. Da bist Du ja — wie geht's mit Deiner Arbeit?

Theodor. Gut.

Franz. Führung?

Theodor. Noch beſſer.

Franz. Sitten?

Theodor. Untadelhaft.

Franz. Freut mich — gieb mir 'nen Kuß. (Umarmung. Bei Seite.) So muß man mit ſeinen Kindern ſprechen.

Theodor. Und wie geht es Dir, Papa?

Franz. Nicht ſchlecht — wo iſt mein Bruder?

Theodor. In ſeinem Cabinet — ich werde ihn rufen.

Franz. Laß uns noch ein wenig plaudern — Du arbeiteſt alſo wirklich?

Theodor. Sollteſt Du daran zweifeln?

Franz. Ich glaube nur, was ich ſehe. — Verbienſt Du Geld? Und wieviel?

Theodor (nach einer Pauſe). Regelmäßig 100 Thaler monatlich.

Franz. Das iſt hübſch — zeige ſie mir.

Theodor. Ich trage das Geld ja nicht bei mir, Papa.

Franz. Dann ſchicke mir Deine Erſparniſſe — ich werde ſie Dir aufheben —

Theodor. Das Jahr war theuer, Papa. — Angeſchafft habe ich auch: eine goldene Uhr mit Kette — Möbel —

Franz. Die Uhr war ganz unnütz — man kann nach den Straßen- und Thurmuhren ſehen.

Scene 8.

Vorige. Weichbrod (und) Ludwig.

Weichbrod (im Eintreten zu Ludwig). Die Leute haben ganz recht — Du verſtehſt nichts davon. — Guten Tag, lieber Bruder, wie geht's Dir? —

Franz. Danke, ganz gut.

Weichbrod. Freut mich — was ſagſt Du zu meinem Jungen?

Franz. Ah — beinahe hätte ich ihn nicht wieder erkannt. — (Drückt Ludwig die Hand.)

Weichbrod. Haſt ihn auch ſeit zwei Jahren nicht geſehen. — Hat ſich 'nen Schnurrbart ſtehen laſſen.

Franz. Mit Deiner Erlaubniß —

Weichbrod. Geht mich doch nichts an, wenn der Junge ſich 'nen Schnurrbart ſtehen läßt —

Franz. Hübsche Begriffe von väterlicher Autorität.

Weichbrod. Nun, Dein Sohn trägt doch auch — (Theodor ansehend; bei Seite.) Nein — er hat ihn sich abgeschnitten.

Franz. Was hast Du denn aus Deinem schnurrbärtigen Sohn gemacht?

Weichbrod. Nun — er geht in Gesellschaft —

Theodor (zu Franz). Siehst Du, Papa —

Weichbrod. Und dann hilft er mir bei meinen Geschäften — er hat meine Procura.

Franz. Das ist nicht sehr anstrengend.

Ludwig (bei Seite). Worin mischt sich der Onkel?

Franz. Nach meiner Ansicht ist ein junger Mensch von 20 Jahren ein Mann, der seinen Eltern nichts mehr kosten darf. — Hast Du gehört, Theodor?

Theodor. Gewiß, Papa!

Weichbrod. Aber wovon soll er denn leben?

Franz. Sieh Dir meinen Jungen an. An seinem 21. Geburtstage habe ich ihm alle Mittel entzogen, habe ihm gesagt: Du bist ein Mann, mache Deine Geschäfte, sorge für Dich selber — und er sorgt für sich selber. Nicht wahr, Theodor?

Theodor. Gewiß, Papa!

Franz. Einmal hat er versucht, mir was vorzuschwindeln, romanhaften Unsinn, mich zu erweichen; ich antwortete ihm aber darauf: „Faule Geschichten! Dein treuer Vater."

Weichbrod. Aber Du machst ihm doch — kleine Geschenke? —

Franz. 10 Thaler zu Weihnachten und 5 zum Geburtstag — die ich für ihn successive auf mein Haus eintragen lasse.

Weichbrod. Und Dein Sohn liebt Dich?

Franz. Na, ob er mich liebt. (Barsch zu Theodor.) Liebst Du mich, Theodor?

Theodor. Und wie, Papa.

Franz. Da hast Du's!

Weichbrod (bei Seite). Ja, wenn man so fragt — mit der Pistole auf der Brust —

Franz. Was giebst Du denn Deinem Jungen?

Weichbrod. Mein Gott, was er haben will — wir rechnen nicht mit einander.

Ludwig. Wenn ich Geld brauche, sage ich es Papa.

Theodor. Das lasse ich mir gefallen!

Franz. Halt' Dir die Ohren zu. — Von solch' liederlicher Wirthschaft darfst Du gar nichts hören. (Zu Weichbrod.) Weißt Du, was mein Sohn Theodor mich seit seiner Geburt gekostet? — 3000 Thaler! —

Weichbrod. So viel kostet mich meiner jedes Jahr.

Franz. Nicht möglich!?

Weichbrod. Thut mir auch nicht leid; mein Ludwig ist ein guter Junge.

Ludwig. Bester Vater! (Umarmt ihn.)

Franz (bei Seite). Das kann ich gar nicht mit ansehen. (Laut.) Wo ist mein Zimmer?

Weichbrod. Neben meinem Cabinet.

Franz (seinen Koffer nehmend). Schön! — (Zu Theodor.) Du kannst bei mir essen — wir bleiben Abends zusammen.

Theodor (bei Seite). Ach Herrje! (Laut.) Bitte um Entschuldigung, Papa, ein wichtiges Geschäft —

Franz. Gut — dann esse ich mit meinem Bruder und besuche Dich morgen. Ich habe Dich gesehen, Du bist gesund — nun geh' an Deine Arbeit.

Theodor. Adieu, Papa — Adieu, Onkel! (Leise zu Ludwig.) Ist der Alte langweilig! (Ab.)

Franz (ihm nachblickend, stolz). So mag ich's gern — das ist meine Erziehung! (Links ab.)

Scene 9.

Weichbrod. Ludwig. (Dann) Oberg (und) Louise.

Weichbrod. Der gute Franz bleibt immer derselbe.

Ludwig. Und der gute Theodor ebenfalls.

Oberg (mit Louise durch die Mitte). Guten Morgen, Weichbrod —

Ludwig (geht Louise entgegen und führt sie zu einem Sitz.)

Weichbrod. Sieh da, Oberg — was ist Dir denn?

Oberg (leise). Nichts! — Schicke die Kinder fort — ich habe mit Dir zu sprechen.

Weichbrod. Ludwig — führe Louise zur Mama — ich glaube, daß sie erwartet wird.

Ludwig und Louise (rechts ab).

Scene 10.
Weichbrod. Oberg.

Weichbrod. Nun sprich. — Man könnte ordentlich vor Dir erschrecken.

Oberg. Sehr glaublich — ich habe seit drei Nächten nicht geschlafen.

Weichbrod. Ist Deine Frau krank?

Oberg. Nein — aber mein Schiff aus Amerika sollte schon vor acht Tagen in Hamburg sein —

Weichbrod. Oh, oh!

Oberg. Wenn es nicht morgen eintrifft, bin ich ruinirt — entweder muß ich die Waaren liefern, oder eine bedeutende Pönal=Summe zahlen, die ich nicht besitze. —

Weichbrod. Armer Freund! — Wie viel brauchst Du denn eigentlich dazu?

Oberg. 10,000 Thaler.

Weichbrod. Also wenigstens nicht mehr? Gott sei gelobt — Du hast mir 'ne Heidenangst gemacht.

Oberg. Wieso?

Weichbrod. Ich fürchtete, ich würde nicht so viel haben.

Oberg. Du — Du — willst mir wohl das Geld leihen?

Weichbrod. Natürlich!

Oberg. Nein — das kann ich nicht annehmen. Auf keinen Fall.

Weichbrod. Weshalb nicht? Die Welt ist ehrlich!

Oberg. Mein Schiff könnte Unglück gehabt haben — ich wäre dann nicht sicher, ob ich Dir Dein Geld wiedergeben könnte.

Weichbrod. Papperlapapp! Wer wird denn gleich das Schlimmste denken? Kleine Verspätung, weiter nichts. Und wenn Du sicher wärst, brauchtest Du ja keinen Freund dazu.

Oberg. Aber —

Weichbrod. Gustav — keine Kindereien jetzt — ich bitte Dich. —

Oberg (lächelnd). Du nennst mich Gustav?

Weichbrod. Ja — wie in unserer Kindheit — wenn man alt wird, verschwindet der trauliche Vorname — aber einmal allein — ohne Zeugen — klingt es so süß, ihn wieder zu vernehmen — es belauscht uns Niemand — wenn Du mir eine recht große Freude machen willst, nenne mich Julius.

Oberg (ihm an die Brust finkend). Julius!

Weichbrod. Gustav! — So! Das thut 'nem alten Herzen wohl! — Nun will ich zu meiner Kasse wegen des Geldes — auf Wiedersehen, Gustav! (Links ab.)

Scene 11.

Oberg. (Dann) Ludwig.

Oberg (allein). Braver Mensch! — Es geht doch nichts über die alten Freunde. — Nun muß ich aber nachsehen, vielleicht ist eine Depesche gekommen — (Will ab.)

Ludwig (eintretend). Ah, Herr Oberg! — Gestatten Sie mir ein Wort —

Oberg. Bitte — nur nicht zu lange —

Ludwig. Ganz kurz — Herr Oberg — ich liebe Ihre Tochter.

Oberg. Das ist allerdings nicht lang.

Ludwig. Und Ihre Antwort?

Oberg. Soll eben so kurz sein. Solch braver Mensch wäre mir als Schwiegersohn willkommen — aber Verhältnisse verhindern mich, Ihnen augenblicklich einen bestimmten Bescheid zu geben — vielleicht in einigen Tagen —

Ludwig. Ich werde warten, Herr Oberg.

Oberg (bei Seite). Morgen bin ich vielleicht schon ein Bettler! (Laut.) Auf Wiedersehen, junger Mann. (Ab.)

Scene 12.

Ludwig. Louise. (Dann) Franz. (Dann) Weichbrod.

Louise (tritt ein, an der Stickerei arbeitend, welche vorhin Henriette beschäftigte und sent sich).

Ludwig. Wie — Sie arbeiten auch an dieser Stickerei?

Louise. Ja wohl — da Sie Frau Weichbrod so viel gestört haben. —

Ludwig. Sie hat Ihnen unsere Unterredung mitgetheilt?

Louise. Auf's Genaueste — ich glaubte, meinen Vater hier zu finden.

Ludwig. Er hat mich soeben verlassen; ich sprach mit ihm. Er ist unserer Verbindung nicht entgegen — ich soll aber noch einige Tage auf bestimmte Antwort warten.

Louise (aufstehend). Oh, die wird nicht ausbleiben.

Franz (eintretend). So! — Nun wären wir in Toilette. —

Ludwig. Lieber Onkel; erlauben Sie mir, Ihnen Fräulein Louise Oberg vorzustellen:

Franz. Sehr erfreut — ich stehe in Geschäften mit Ihrem Herrn Vater — tüchtiger Arbeiter — ich liebe die tüchtigen Arbeiter —

Ludwig (bei Seite). Ein Stich für mich.

Franz. Das ist hübsch, was Sie da arbeiten.

Louise. Eine Stickerei zur Verloosung für einen wohlthätigen Zweck — ich habe Loose bei mir — wie viel wünschen Sie?

Franz (bei Seite). Das konnte ich auch bleiben lassen.

Louise (ihm Billets hinhaltend). Bitte, ziehen Sie.

Ludwig. Nun, Onkelchen!

Franz. Ich bin darin nicht glücklich — erst ein einziges Mal hab' ich ein Paar Pantoffeln gewonnen, die mir zu eng waren.

Louise. Ich werde Ihnen Glück bringen.

Franz (bei Seite). Nun sitz' ich fest. (Laut.) Na meinetwegen — geben Sie mir für 5 Thaler — (Bei Seite.) Muß beim Geschäft mit dem Vater wieder rauskommen. (Giebt Louise Geld und empfängt Loose.)

Weichbrod (eintretend und in seiner Brieftafel rechnend). 6000 — und 3000 — es wird sich machen — Ah, Ludwig — laufe einmal schnell zu Dannenberg, meinem Agenten — er soll für mich 6000 Thaler Staatsanleihe und 3000 Thaler Amerikaner verkaufen.

Ludwig. Sogleich, Papa — auf Wiedersehen, lieber Onkel — (Wirft Louise verstohlen eine Kußhand zu und geht ab.)

Louise (setzt sich und stickt weiter).

Scene 13.

Weichbrod. Franz. Louise.

Franz. Du verkaufst Amerikaner — glaubst Du denn, daß sie fallen werden?

Weichbrod. Nein, aber ich brauche 10,000 Thaler — um sie einem Freunde zu leihen —

Franz. Was? Leihen?

Weichbrod. Ja, einem Jugendgespielen.

Franz. Bist Du verrückt geworden?

Weichbrod. Weshalb?

Franz. 10,000 Thaler! So leichthin! — Wer ist denn der liebe Freund?

Weichbrod. Er ist — (Louise ansehend) — nein — ich kann ihn Dir nicht nennen.

Franz. Er giebt Dir doch wenigstens Sicherheit?

Weichbrod. Ich habe Dir ja gesagt, daß es ein Freund ist. Wenn Du seine Lage kenntest —

Franz. Brauche ich nicht zu kennen — man hat Dir eine äußerst rührende Geschichte erzählt, Du bist dumm genug, sie zu glauben. — Du glaubst Alles, was man Dir aufbindet — läßt Dich von jedem Narren an der Nase herumziehen —

Weichbrod. Ich lasse mich ganz und gar nicht ziehen. Pah! wenn es darauf ankommt, bin ich eben so fest wie Du — das habe ich heute Morgen bewiesen — als der Schuhmacher bei mir war.

Franz. Mit Deinem guten Herzen bist Du ganz unbrauchbar. Deshalb habe ich Dich ja auch aus unserer Fabrik-Association entlassen müssen —

Weichbrod. Was die Arbeiter sehr bedauerten.

Franz. Jawohl — wie der Esel die Krippe.

Weichbrod. Esel? — der Esel war hart, Franz.

Franz. Aber wahr!

Weichbrod. Ich zog mich zurück, weil es mir widerstrebte, mich von dem Schweiße Anderer zu nähren.

Franz. Während ich von Jahr zu Jahr reicher werde, stehst Du still bei Deinen armseligen 10,000 Thalern Rente.

Weichbrod. Wenn es mir aber genug ist —

Franz. Es ist nicht genug — am allerwenigsten mit Deinem Herzen, wie ein altes Sieb —

Weichbrod. Jeder nach seiner Art — ich für meinen Theil esse nicht gern, wenn ich Andere hungern sehe.

Franz. Wer hungert denn, — he?

Weichbrod. Diejenigen, die nichts zu essen haben. — Erst gestern traf ich einen armen Teufel, der fünf Tage lang keinen Bissen Brod gehabt.

Franz. So? — Das hat er Dir gesagt? — Und Du hast ihm gegeben?

Weichbrod. Natürlich.

Franz. Theelöffel! — Fünf Tage kann gar kein Mensch hungern.

Weichbrod. So? — Hast Du's etwa schon versucht?

Franz. Nein.

Weichbrod. So versuche es erst — und nachher urtheile.

Franz. Unsinn! — Ich kenne die Geschichten.

Weichbrod. Ja wohl, Du kennst die Geschichten! — Das ist immer Dein letztes Wort. Wenn ein alter Freund Dir seinen Kummer, seine Verzweiflung schildert — anstatt ihm die rettende Hand zu reichen, kennst Du blos die Geschichten! — Wenn man einen einzigen Sohn hat, wie Du, stößt man ihn mittellos in's Leben, unterbrückt jedes Vertrauen in ihm, und wenn der arme Teufel es nothgedrungen wagt, Dir seine Noth zu schildern — Unsinn — da kennst Du die Geschichten! — Solche Handlungsweise, mein lieber Bruder, ist allerdings nicht theuer — aber schauderhaft — und man sollte am Ende glauben, Du wärst ein —

Franz. Nun, was denn? Genire Dich nicht.

Weichbrod. Nein — ich will es nicht sagen — es könnte Dir wehe thun.

Franz. Bist Du nun fertig?

Weichbrod. Ja!

Franz. Dann laß' uns Mittag essen — im Café Schubert — aber keinen Streit mehr, Bruder! — Ein Einfaltspinsel bist und bleibst Du doch — Adieu! (Rechts ab.)

Scene 14.

Weichbrod. Louise. (Dann) Franz.

Weichbrod. Mein Gott! Esel — Einfaltspinsel! —

Louise (zu ihm gehend). Und ich sage Ihnen, daß ich Sie als einen braven Mann hochschätze. Fahren Sie fort an das Gute zu glauben, es zu thun. Was kümmert Sie die laute Dankbarkeit — die Wohlthat ist ja keine Hypothek.

Weichbrod. Nicht wahr? Das lasse ich mir gefallen. Ich bleibe dabei: die Welt ist ehrlich — unter Tausenden vielleicht eine Ausnahme — Pah! Was thut das! Erndte ich auch mal keinen Dank! Ich helfe, wo ich kann. Die Menschheit ist gut, die Welt ist ehrlich.

Louise. Daran thun Sie Recht. Ich füttere auch jeden Morgen die kleinen Vögel auf meinem Balcon. Im Winter entferne ich sorgsam den Schnee, damit die lieben Thierchen keine kalten Füße be-

kommen — im Sommer baue ich ihnen ein Dach, sie vor der Sonne
zu schützen — Dank empfange ich dafür auch nicht — im Gegen=
theil — die kleinen Dinger beißen mich oft ganz ordentlich mit ihren
spitzen Schnäbelchen.

Weichbrod (empört). J, was Sie sagen!

Louise. Ich will auch keinen Dank. Die gefiederten Sänger
sind Geschöpfe Gottes, die Hunger haben, und ich fühle mich glück=
lich, sie ernähren zu können. Ich ernähre und erhalte Vögel, Sie —
Menschen.

Weichbrod. Gutes, herziges Kind! (Trocknet sich die Augen.)

Franz (eintretend; bei Seite). Ah — jetzt weint der Waschlappen
sogar. (Sehr laut hustend.) Hm!

Louise (Franz gewahrend). Abieu, Herr Weichbrod — fahren wir
Beide fort, unsere verschiedenartigen Vögel zu lieben und zu nähren.
(Links ab.)

Scene 16.

Weichbrod. Franz.

Franz (ihm einen Brief gebend). Da schickt Deine Frau 'nen Brief.

Weichbrod (ihn öffnend). Ah, mein Gott, die Unglücklichen!

Franz. Was ist denn schon wieder los?

Weichbrod. Du sagst, man stürbe nicht vor Hunger. — Höre
selbst. (Liest.) „Ich kenne Ihr gutes Herz —"

Franz (bei Seite). Wieder 'ne Schwindelei!

Weichbrod (liest). „Ohne Arbeit —"

Franz (bei Seite). Ein Faulpelz.

Weichbrod (liest). „Mein Vater blind, meine Mutter lahm;
drei kleine Kinder in der Wiege schreien nach Brod — retten Sie uns
vor Verzweiflung. — Lina Schneeberg, Prinzengasse 16a., Hof
4 Treppen, Thür hinter dem Schornstein." (Bewegt.) Hinter dem
Schornstein. —

Franz. Mein Gott! Schreckliche Wohnung für den blinden
Vater und die lahme Mutter.

Weichbrod. Gottloser Spötter! (Liest.) „Postscriptum. Geben
Sie die Antwort beim Portier ab." (Die Börse ziehend.) Die armen
Leute!

Franz. Wie? Auf den plumpen Kniff fällst Du auch 'rein?

Weichbrod. Plumper Kniff? So etwas läßt sich nicht er-finden — blinder Vater — lahme Mutter — hinter dem Schornstein, glaubst Du, daß 10 Thaler genug sind?

Franz. Blinder Thor! — Es ist kein wahres Wort in dem ganzen Briefe.

Weichbrod. Wetten wir! — Ich will mich diesmal Deinet-wegen selbst überzeugen.

Franz. Aber unser Diner bei Schubert —

Weichbrod. Nichts von Diner! — Mit diesem Briefe in der Tasche brächte ich keinen Bissen hinunter — Die Welt ist ehrlich. Ich gehe auf den Hof, hinter den Schornstein! (Schnell ab.)

Franz. Ein inkurabler Mensch!

(Ende des ersten Aktes).

~~~~~~

Zweiter Akt.

(Eßsaal. Mittel- und Seitenthüren. Links Büffet und Spind. Links Tisch.)

———

Scene 1.

Johann. Anna. Henriette. (Dann) **Theodor.**

Anna (abstäubend). Merkwürdig, daß der Herr noch nicht aufge-standen ist.

Johann. Der Herr Bruder schlafen auch noch — wahrschein-lich haben sie gestern bei ihrem Diner des Guten ein bischen zu viel gethan —

Henriette (von links, in Straßentoilette). Wie — eilf Uhr, und das Zimmer noch nicht in Ordnung?

Johann. Der Herr schläft noch —

Henriette. Er schläft noch? — Sollte er krank sein?

Johann. Oh nein, Madame — er kam spät nach Hause und dann habe ich ihn noch die halbe Nacht auf- und niedergehen hören.

2*

Henriette. Merkwürdig! — Wenn der Herr nach mir fragt — ich gehe in's Bad.

Anna. Schön, Madame. (Mit Johann ab.)

Henriette (vor dem Spiegel). Nun will ich aber eilen.

Theodor (tritt ein). Was ist das? (Laut.) Wie geht es Ihnen, liebe Tante? Sie sehen so strahlend aus —

Henriette (grüßt ihn kalt und geht ab).

Scene 2.

Theodor. (Dann) Ludwig.

Theodor (allein). Noch immer zürnend! — Reizende Frau, aber viel zu empfindlich.

Ludwig (von links, mit Hut). Ah — da bist Du ja.

Theodor. Ich warte auf meinen Vater —

Ludwig. Er ist noch nicht aufgestanden? Aber Du siehst so verstimmt aus — hast Du Kummer?

Theodor. Nein — blos Schulden — 3000 Thaler.

Ludwig. Nicht möglich!

Theodor. Weshalb nicht? — Mein Vater giebt mir ja nichts — da muß man sich an Geldmächte wenden — morgen werden meine Wechsel fällig.

Ludwig. Sprich sogleich mit Deinem Vater. Ich wenigstens würde an Deiner Stelle so handeln.

Theodor. Ja — Dein Vater und der meinige, das sind zwei ganz verschiedene Menschen. — Dein Vater ist ein braver Mann — der Dich nicht darben läßt, der Dich liebt — der meine ist ein lebendiger Arnheim — ohne Schlüssel — wenn man ihn öffnen will, muß man ihn sprengen.

Ludwig. Du irrst Dich, Theodor; Onkel Franz hat nur eine rauhe Schale — er liebt Dich doch im Grunde.

Theodor. Jawohl — aber der Grund ist unabsehbar tief —

Ludwig. Es bleibt Dir doch sonst kein Mittel.

Theodor. Leider wahr — wird 'ne angenehme Unterhaltung werden!

Franz (draußen). Johann! — Rasirwasser!

Theodor. Das ist er.

Ludwig. Adieu also! Gute Verrichtung. (Rechts ab.)

Theodor. Danke!

Scene 3.

Theodor. Franz. (Dann) Johann.

Franz (von links, im Schlafrock). Johann! — Raſirwaſſer! — Ah, Theodor, was willſt Du ſo zeitig hier?

Theodor. Ich bin früh aufgeſtanden, Dir guten Morgen zu ſagen, Papa.

Franz. Und deshalb kommſt Du ſo weit hierher? — Ganz hübſch, mein Sohn — aber Zeitverſchwendung liebe ich nicht.

Theodor (bei Seite). Sehr zärtlich heute, der Herr Papa! (Laut.) Ich hatte auch ein Geſchäft hier in der Nähe.

Franz. Geſchäft? Das iſt 'was anderes — gieb mir 'nen Kuß, mein Sohn. (Umarmung.) Habe mich geſtern kannibaliſch amüſirt, Deinen Onkel, den ſtrengen Mäßigkeits = Götzen, etwas beſäuſelt.

Theodor (gezwungen lachend). Sehr hübſch — hahaha!

Franz. Worüber lachſt Du?

Theodor. Beſäuſelt — allerliebſter Witz!

Franz (trocken). Ich liebe nicht Schmeicheleien.

Theodor (mit Lachen aufhörend, bei Seite). Alle Wetter! Ich habe gar kein Glück.

Franz. Was für ein Geſchäft hatteſt Du hier?

Theodor (bei Seite). Welch Geſchäft? Verſuchen wir einmal. — (Laut.) Eine Conſultation mit einem jungen Manne —

Franz. Für die Du gut bezahlt wurdeſt!

Theodor. Gewiß. Der junge Menſch, aus guter Familie — liebte ſeinen Vater über alles — hatte aber das Unglück, Schulden zu machen.

Franz. Schulden!? —

Theodor. Oh, nicht viel — 3000 Thaler.

Franz. 3000 Thaler Schulden! (Heftig.) Das iſt ja ein nichts = nutziger Schlingel!

Theodor. Er hat eine Entſchuldigung, Papa —

Franz. Dafür giebts keine Entſchuldigung! — Ein junger Mann, der einen Vater hat und Schulden macht, iſt ein Taugenichts! — Biſt Du vielleicht anderer Anſicht?

Theodor. Ach nein — ganz und gar nicht. — (Bei Seite.) Heute richte ich nichts aus.

Franz. Dir könnte solch Unglück nicht passiren — darüber bin ich ganz ruhig — Du machst ja Ersparnisse — Du kaufst Uhren — und Möbel, die ich heute besehen will. — Kann ich bei Dir früh-stücken?

Theodor. Natürlich! (Bei Seite.) Vielleicht wird er sanfter bei einer Flasche Sekt. —

Franz. Wenn ich rasirt bin, komme ich gleich.

Theodor. Auf Wiedersehen, Papa. (Durch die Mitte ab.)

Franz. Ein Prachtjunge! — Ich liebe ihn wirklich von Herzen — aber sagen darf ich's ihm nicht. (Links ab.)

Scene 4.

Weichbrod. (Dann) Franz. (Dann) Johann.

Weichbrod (tritt von rechts langsam auf). War die halbe Nacht un-ruhig. Konnte die Prinzengasse nicht aus dem Kopf kriegen — 16a. — Häßliches Haus — ich frage den Portier nach der unglücklichen Lina Schneeberg — Hof 4 Treppen, hinter dem Schornstein — Warum nicht gar! Vorn, 3 Treppen, sagte er. War mir schon höchst auf-fallend — ich klettere hinauf — klingele — und wer kommt statt Lina Schneeberg? — Mein Kutscher, den ich kürzlich weggejagt — keine Idee von blind — aber kolossal betrunken. — Bruder Franz triumphirt — aber der eine Fall beweist noch nichts — es giebt auch Vögel, die uns in den Finger beißen, wenn man sie pflegt — sagte Louise — das ist kein Grund, die Uebrigen zu verlassen. Die Welt ist doch ehrlich.

Franz (von links, in Toilette). Nun, Herr Menschenbeglücker — was macht Ihre Lina Schneeberg? (Lacht.)

Weichbrod. Sei ruhig. Nichts mehr davon — ich habe das Diner bezahlt, damit ist die Sache abgemacht.

Franz. Das Diner war sehr gut. Alle Achtung!

Weichbrod. Das will ich meinen, Couvert 2 Thaler — hier die Note. (Liest.) Soupe à la reine — Hummer —

Franz. Hummer? — Solcher Schwindler von Restaurateur — Wir haben ja gar keinen Hummer gehabt.

Weichbrod. Schwindler? Wie kannst Du so etwas glauben von dem braven Mann, Franz? — Ein Herr neben uns aß Hummer — daher der Irrthum. Die Welt ist ehrlich.

Franz. Bleib' mir vom Leibe mit Deinem dummen Ausspruch. Die Welt ist voller Spitzbuben. Die Kniffe kennen wir — man muß jede Rechnung nachsehen, ehe man bezahlt. — (Auf den Tisch zeigend.) Apropos — ich rathe Dir, die Zuckerdose zu verschließen —

Weichbrod. Hast Du vielleicht gar Johann in Verdacht — der 10 Jahre bei mir ist?

Franz. Ich habe Niemanden in Verdacht — aber verschließe die Zuckerdose. Hörst Du? — Adieu, ich frühstücke bei Theodor. (Ab.)

Weichbrod (allein). Nein — Johann ist ehrlich — dem würde ich Alles anvertrauen. — Aber sollte er doch — (zählt die Zuckerstücke) 4, 5, 6, 7, 8 und ein kleines — das werde ich aufessen — sonst ver= wirrt es mich. — So — es geschieht nur, um meinen mißtrauischen Bruder zu überzeugen —

Drüsenberg (tritt ein mit Stiefeln).

Scene 5.

Weichbrod. Drüsenberg. (Dann) **Johann** (und) **Pätel.**

Drüsenberg. Herr Weichbrod, ich bringe Ihre Stiefel. (Zeigt stolz darauf.) Beste Qualität, Herr Weichbrod.

Weichbrod. Nicht so laut — daß es meine Frau nicht hört.

Johann (eintretend). Madame ist in's Bad gegangen.

Weichbrod (bei Seite). So ein ehrliches Gesicht wie der Mensch hat — ist doch ein wahres Vergnügen —

Drüsenberg. Feinstes Kalbleder, Herr Weichbrod —

Weichbrod. Glaub's ja; glaub's ja, Meister! (Pätel bemerkend, der eintritt.) Ah, noch ein Schuster. — Ist hier Schustertag heute!

Johann (zu Pätel, der nach links geht). Der junge Herr wird gleich zu Hause kommen.

Pätel (stellt seine Stiefel auf einen Stuhl).

Weichbrod. Der Schuhmacher meines Sohnes — hat auch solch' offenes Gesicht. Die Welt ist ehrlich! (Die Stiefel nehmend.) Ah — die sind aber reizend.

Pätel. Beste Qualität, Herr Weichbrob — feinstes Kalbleber. (Auf den Stiefel zeigend, den Weichbrob in der Hand hält.) Sehen Sie mal dagegen — das ist Rindleber!

Weichbrob (erstaunt). Rindleber?! —

Pätel. Na — das kann ja der Dümmste sehen.

Weichbrob. Erlauben Sie — (zu Drüsenberg, ihm Ludwigs Stiefeletten zeigend.) Drüsenberg — was ist das für Leber?

Drüsenberg. Rindleber — das kann doch der Dümmste sehen — (seine Stiefel zeigend) und dies ist Kalbleber.

Weichbrob (bei Seite). Alle Wetter! Einer von den beiden Kerls ist also doch ein Spitzbube — aber welcher? Am Ende alle Beide — es wäre fürchterlich! (Laut.) Es ist gut, meine Herren, ich danke Ihnen — (zu Drüsenberg, der einen Stiefel wieder mitnimmt.) Wo wollen Sie denn mit meinem Stiefel hin? — Geben Sie doch her!

Drüsenberg (stellt den Stiefel hin). Oh, bitte um Entschuldigung — ich bin so zerstreut heute. —

Drüsenberg und **Pätel** (ab).

Scene 6.

Weichbrob. (Dann) Ludwig.

Weichbrob (in der einen Hand zwei Stiefel, in der andern eine Stiefelette, vortretend). Kein Glückstag heute! — Erst habe ich an die Restaurateure zweifeln gelernt — und nun kann man auch den Schustern nicht mehr trauen. (Stellt die Stiefel fort.) Meine Frau kommt auch gar nicht wieder. — Auffallend! — Höchst unvorsichtig von mir, solche junge — hübsche Frau immer allein ausgehen zu lassen — der Teufel kann seine Hand im Spiel haben. — Mein Gott, jetzt beargwöhne ich schon meine Frau — und daran ist nur mein leiblicher Bruder Schuld, dieses lebendige Mißtrauens-Votum für die ganze Welt. — Die Welt ist doch ehrlich!

Ludwig (durch die Mitte). Ich komme von unserm Banquier — hier das Geld. (Giebt ihm ein Portefeuille.)

Weichbrob. Danke Dir. (Steckt das Geld ein und knöpft den Rock zu, als fürchtete er für dessen Sicherheit.) So, nun sitzt's fest drin. Ich habe mit Dir zu sprechen, Ludwig.

Ludwig. Ich auch mit Dir, Papa.

Weichbrod. Laß mich beginnen, Ludwig! (Eine Stiefelette holend.) Dein Schuster ist ein Spitzbube — oder der meine, schließlich alle Beide — Die Kerle nehmen statt Kalb = Rindleder zu unsern Stiefeln.

Ludwig (gleichgültig). Was Du sagst!

Weichbrod. Ich bin meiner Sache gewiß — die Welt ist doch eh— — nur manchmal liegt sie im Argen — man kann den Schustern nicht mehr trauen — eben so wenig den Restaurateuren — die setzen Hummer auf die Rechnung, die man gar nicht gesehen hat. — Ich warne Dich, Ludwig, Du bist so jung — Du kannst Dich noch an das Mißtrauen gewöhnen — während ich — es ist entsetzlich! — Nun, was hattest Du mir denn zu sagen? (Giebt ihm die Stiefelette und setzt sich an den Tisch.)

Ludwig (stellt die Stiefelette weg und setzt sich neben seinen Vater). Ein Plan, den ich schon mit Mama besprochen —

Weichbrod. Mit Mama? (Nach der Uhr sehend; bei Seite.) Noch immer im Bade. — Höchst seltsam!

Ludwig. Ich liebe Fräulein Oberg.

Weichbrod. Reizendes Mädchen — füttert so liebevoll ihre kleinen Vögel. —

Ludwig. Ihr Vater hat mir Hoffnung gegeben —

Weichbrod. Hoffnung gegeben — in seiner Lage — das ist unmöglich!

Ludwig. In seiner Lage? Herr Oberg ist ja ein reicher Mann —

Weichbrod. Reich — der? — Ruinirt ist er! (Steht auf.)

Ludwig (aufstehend). Ruinirt?

Weichbrod. Ich soll ihm ja 10,000 Thaler borgen.

Ludwig. Vielleicht nur eine momentane Verlegenheit.

Weichbrod. Ganz recht! So wird es auch sein! — Wäre sehr Unrecht, gegen den braven Mann Verdacht zu haben — aber Du bekommst von mir einst ein hübsches Vermögen — man könnte auf den Gedanken kommen — d. h. mein Bruder Franz könnte auf den Gedanken kommen — daß Oberg — auf Dein Geld — speculirte. Die Welt ist —

Ludwig (entrüstet). Aber, Vater! —

Weichbrod. Was denn, Junge? Ich glaube es ja nicht — ich spreche nur im Sinne meines argwöhnischen Bruders. — Die Kleine ist hübsch, er braucht sie als Köder —

Ludwig. Aber Vater, was ist denn hier vorgefallen?

Weichbrob. Nichts, mein lieber Junge, gar nichts — ich kenne nur jetzt die Menschen — seit gestern Nachmittag.

Ludwig (traurig). Du betrübst mich auf's Allertiefste, Papa — ich erkenne Dich gar nicht wieder. (Links ab.)

Scene 7.

Weichbrob. (Dann) Johann.

Weichbrob. Der arme Junge hat Recht. — Ich bin auf einmal ein wahres Scheusal von Verblendung geworden — aber es ist nicht meine Schuld — die Hummern — die Schuster — meine Frau, die noch nicht wieder da ist — (Nach der Uhr sehend.) Herrgott! Drei Stunden im Bade! (Setzt den Hut auf.) Das ist zu unwahrscheinlich. Johann! — Johann! — Meinen Hut!

Johann (eintretend). Sie haben ja Ihren Hut auf, Herr Weichbrob.

Weichbrob. Ich? Wahrhaftig! — Ich habe ihn auf — (Schlägt den Hut tief in die Stirn.) Jetzt fort in die Badeanstalt — Es kann fürchterlich tagen! (Schnell ab; es klingelt.)

Johann. Madame klingelt. Mein Gott. Sie befahl mir vor zwei Stunden, dem Herrn zu sagen, daß sie schon wieder aus dem Bade zurück sei — ich hab's vergessen! Wird schön schelten. (Links ab.)

Scene 8.

Franz. Theodor.
(Beide Arm in Arm, etwas angeheitert, durch die Mitte).

Franz. Köstliches Frühstück gewesen, Junge! Gieb mir 'nen Kuß, Junge!

Theodor (bei Seite). Er scheint in Stimmung —

Franz. Du hast das Frühstück bezahlt — und nun will ich auch den Kaffee geben.

Theodor (bei Seite). Den er bei mir schon getrunken hat.

Franz. Ich würde Dich gern noch zu Tisch einladen, aber ich habe keinen Hunger mehr.

Theodor. Ich auch nicht — aber Durst.

Franz. Weißt Du, lieber Theodor — Du glaubst vielleicht, daß ich Dich nicht liebe, — daß ich ein Tigerherz sei, — weil ich ein bischen strenge gegen Dich bin — weil ich Dir kein Geld schicke. —

Glaub's nicht, Herzensjunge! Ich habe Dich so lieb — so lieb — geschieht blos zu Deinem Besten, daß Du nichts kriegst — wenn ich auf mein Herz hörte, Theodor, so öffnete sich's Dir oft in Gestalt eines Briefes mit fünf Siegeln.

Theodor. Genire Dich nicht. Weißt Du, Papa, manchmal muß man auch auf eine solche Stimme hören!

Franz (traurig). Nein — das geht nicht — Du mußt erst Arbeit und Entbehrung kennen lernen — nur dann wird ein tüchtiger Mensch aus Dir — doch sei getrost, mein Sohn — wenn Du anfängst reich und berühmt zu werden, sollen auch die fünffach gesiegelten Beweise meiner Liebe nicht ausbleiben. —

Theodor. Wie gut Du bist! (Bei Seite.) Aber bis dahin?

Franz (wehmüthig). Sieh mal, Theodorchen — ich arbeite ja nur für Dich. (Leidenschaftlich.) Gieb mir 'nen Kuß, Junge.

Theodor. Sehr gern, Papa. (Umarmung; bei Seite.) Hilft nichts — losschießen muß ich doch. Ich glaube, jetzt kann ich's. (Laut.) Papa — so schwer es mir auch wird —

Franz. Deine Möbel sind hübsch — aber drei Stück Kommoden —

Theodor. Sehr billig gekauft — auf einer Auction. —

Franz (ohne zu hören, ihn anschauend). So, so! Du bist ein lieber Kerl, Theodor — ich habe Dir seit zwei Jahren nichts geschenkt — ich muß Dir heute was geben — da — da hast Du meine Brillantnadel. (Zieht sie aus seinem Chemisett.)

Theodor. Aber, Papa —

Franz (ihm die Nadel ansteckend). Verliere sie nicht — sie hat 300 Thaler Taxwerth — Ich selbst habe sie seit 30 Jahren getragen — wenn Du sie verlörst, ich würde es niemals verschmerzen — (Plötzlich.) Gieb sie mir lieber wieder! (Bei Seite.) Er ist doch noch zu jung zu solchem Kleinod —

Theodor (bei Seite). Jetzt wird's aber Zeit. (Laut.) Mein guter Papa!

Franz. Alle Teufel, was bekomme ich plötzlich für Kopfschmerzen!

Theodor. Ich wollte Dir noch von dem jungen Mann erzählen — der 3000 Thaler Schulden hatte —

Franz. Laß mich zufrieden mit dem Taugenichts. — Wenn ich sein Vater wäre, schickte ich ihn nach Amerika.

Theodor (bei Seite). Da haben wir's!

Franz. Meine Kopfschmerzen werden wirklich unerträglich —

ich muß ein bischen schlafen — verliere Deine Brillantnadel nicht. (Bei Seite.) Ich werde sie ihm später wieder wegnehmen — weiß solch Kleinod noch nicht zu hüten — (Laut.) Auf Wiedersehen, Theodor! (Ab.)

Scene 9.

Theodor. (Dann) Johann.

Theodor (allein). Abgeblitzt. — Uff — mir ist warm geworden — ich will mir ein Glas Zuckerwasser machen. (Thut Zucker aus der Schale in ein Glas und gießt Wasser dazu — trinkt.) Ah — da kommt mir eine Idee! — Ich will an den Executor schreiben. Johann! (Johann tritt ein.) Schreibzeug —

Johann (auf einen Tisch zeigend). Dort steht alles. (Bei Seite, Theodor trinken sehend.) Der thut ja, als wenn er hier zu Hause wäre. (Rechts ab.)

Theodor (schreibend). „Geehrter Herr! Lassen Sie der Gerechtigkeit ihren Lauf, verhaften Sie mich heute Abend 7 Uhr am Arm meines Vater vor dem Opernhause!" So — deutlicher kann ich es ihm nicht machen. — Er bezahlt, oder er läßt mich einsperren, jedenfalls bin ich sicher. — Nun will ich den Onkel um 100 Thaler anpumpen; mein ganzes Vermögen besteht augenblicklich in 11 Silbergroschen. (Rechts ab, nachdem er den Brief eingesteckt.)

Scene 10.

Henriette. Weichbrod.

Henriette (aus dem Zimmer tretend und zurücksprechend). Ich habe meinen Muff im Bade vergessen, Anna.

Weichbrod (durch die Mitte, er ist sehr bleich und aufgeregt und hält einen Muff in der Hand). Ah — da bist Du ja endlich.

Henriette. Mein Gott, was ist Dir denn — Du bist so bleich.

Weichbrod. Ich komme aus dem Bade, vielmehr aus der Badeanstalt — die Leute sagten, Du wärst schon seit zwei Stunden fortgegangen.

Henriette (erstaunt). Allerdings.

Weichbrod. Wo warst Du in diesen zwei Stunden?

Henriette. Hier zu Hause.

Weichbrod. Hier? Ich habe Dich nicht gesehen.

Henriette. Ich war in meinem Zimmer und säumte Deine Cravatten.

Weichbrod. Cravatten? Bah! Ich kenne die Geschichten! — (bei Seite) würde Bruder Franz sagen —

Henriette. Ich begreife nicht, was —

Weichbrod. Da hast Du Deinen Muff — Deinen Mitschuldigen!

Henriette. Ich verstehe Dich nicht. (Trägt den Muff auf den Stuhl, an dem die Stiefel stehen.)

Weichbrod. Jetzt ist mir alles klar — Dein häufiges, ewiges Baden — Madame — Sie spielen mir eine Intrigue vor! —

Henriette. Bist Du närrisch geworden?

Weichbrod. Närrisch? Im Gegentheil. Hellsehend — mir gehen die Augen auf. — Bist Du jung? Ja! — Bist Du hübsch? Ja! — Bist Du kokett? Ja! —

Henriette. Ich kokett? Warum nicht gar.

Weichbrod. Alle Frauen sind kokett! — Du willst mir wohl vorreden, daß Dir während unserer sechsjährigen Ehe Niemand die Cour gemacht habe? — Gieb mir Dein Ehrenwort, daß Dir Niemand die Cour gemacht hat.

Henriette. Aber —

Weichbrod. Du zögerst — das ist ein Geständniß — seine Briefe, Madame — ich verlange seine Briefe! Heraus mit den Briefen!

Henriette. Briefe? — er hat mir wahrhaftig niemals geschrieben.

Weichbrod (mit Kraft). Aha! — Er hat Dir niemals geschrieben — also der Er ist da? Weiter', weiter gestanden! Den Namen, Madame — den Namen des Elenden!

Henriette. Du willst ihn durchaus wissen?

Weichbrod. Ja! Damit ich ihn ermorde —

Henriette. Nun denn — Dein Neffe Theodor.

Scene 11.
Vorige. Theodor.

Weichbrod (heftig ausrufend). Theodor!?

Theodor (von rechts). Was giebt's denn? Da bin ich!

Henriette. Ah! Ich will mich doch für den ersten Augenblick retiriren. (Schnell in ihr Zimmer.)

Weichbrod (bei Seite). Entsetzlich! Schauderhaft!

Theodor. Guten Morgen, Onkel — (Bei Seite.) Er scheint nicht übel aufgelegt — ich werde ihn anpumpen — (Laut.) Ich habe Dir etwas zu sagen, Onkelchen.

Weichbrod. Ich Dir auch. (Sehr sanft.) Theodor — weshalb machst Du Deiner Tante die Cour?

Theodor (bestürzt). Meiner Tante — ich? — Wer hat Dir gesagt?

Weichbrod. Sie selbst. — Unglücklicher! — Wie hat ein solcher Gedanke in Dir aufkommen können?

Theodor. Mein Gott — ich kam alle Tage hierher — sagte ihr was Schmeichelhaftes, wie sich's für einen galanten Neffen ziemt — weiter nichts — aber sie hat mich stets zurückgewiesen.

Weichbrod. Dein Ehrenwort darauf.

Theodor. Mein Ehrenwort!

Weichbrod. Ich danke Dir! (Bei Seite.) Aber das beweist eigentlich noch gar nichts.

Theodor. Einmal war ihr zürnender Protest sogar von einem Backenstreich begleitet.

Weichbrod. Backenstreich? Das könnte mich einigermaßen beruhigen — (bei Seite) wenn's wahr ist. —

Theodor. Verzeihe mir, Onkel — ich habe das Ungebührliche eingesehen — ich habe mich aus Verzweiflung in allerei Zerstreuungen gestürzt — ich bereue tief — aber —

Weichbrod. Das ist hübsch. — Gefällt mir — jedoch das Aber —

Theodor. Ich habe ein anderes Weib liebgewonnen — (wehmüthig) ein armes Mädchen — ein Kind aus dem Volke —

Weichbrod. Sehr gut. —

Theodor (bei Seite). Sehr gut? Fahren wir fort! (Laut.) Ich habe für sie gearbeitet im Schweiße meines Angesichts — aber ihr Vater ist blind —

Weichbrod (mißtrauisch). Ach so.

Theodor. Und die Mutter —

Weichbrod. Lahm. Weiß schon Alles!

Theodor (bei Seite). Er weiß? Woher denn? (Laut.) Diese Ausgaben haben meine Kasse so sehr erschöpft — daß ich Sie bitten wollte — mir 100 Thaler großmüthigst zu leihen. —

Weichbrod (um sich blickend; dann vertraulich). Hundert Thaler?

Blind — lahm! Monsieur Theodor! Ich kenne die Geschichten! — Dein treuer Onkel.

Theodor (bei Seite). Herrgott! Die Worte meines Alten! (Laut.) Du schlägst es mir also ab? Weichbrod. Rund und nett! Theodor. Papa hat also auch Dich angesteckt. — So tiefe Reue und kein Erbarmen! — Adieu! — (Durch die Mitte ab.)

Scene 12.

Weichbrod. Henriette.

Weichbrod. Da geht er hin und singt nicht mehr. Henriette (von links). Nun — was sagte Theodor? Weichbrod. Er — er sagte — er sagte gar nichts. Nur einmal hättest Du ihm etwas gewidmet — Henriette. Ja wohl — einen Backenstreich. Weichbrod (bei Seite). Richtig. Er hat ihn mir selbst quittirt. (Laut.) Aber weshalb? Henriette. Das geht Dich nichts an. Weichbrod. Geht mich nichts an? Vielleicht sagst Du mir's morgen, übermorgen — warum — Henriette. Du siehst, daß Du ein Narr warst — laß Dir daran genügen. (Steckt ein Licht an und geht ab.) Weichbrod (bei Seite). Merkwürdig, daß sie's nicht sagen will.

Scene 13.

Henriette. Weichbrod. Franz.

Franz (verzweifelt durch die Mitte). Der Taugenichts, der Windbeutel! Weichbrod. Was ist Dir denn? Franz. Eben wurde mein Theodor nach Nummer Sicher gebracht — in Schularrest. Der Bengel hat 3000 Thaler Schulden — 3000 Thaler! Ich bezahle keinen Heller — er kann sein Leben lang eingesperrt bleiben. Weichbrod. Das heißt, bis morgen früh.

Franz (wüthend). Nein, und abermals nein! (Nach einer Pause.) Ich will ihm schreiben — derb schreiben. — Gieb mir'n Glas Zucker-wasser!

Weichbrod. Gleich. (In die Zuckerschale blickend.) Ah! — da fehlen drei Stücke Zucker.

Franz. Siehst Du's endlich ein? Die Augen sind zum Oeff-nen da, Schlösser zum Verschließen. — Gute Nacht, ich habe keinen Durst mehr! — Der verwünschte Taugenichts, der! (Ab in sein Zimmer.)

Scene 14.

Weichbrod (allein).

Also der Johann ist wahrhaftig auch ein Spitzbube. — Restau-rateure — Schuster — Neffen — Diener — Freunde — denn mit dem Gustav — dem Oberg ist es auch nicht richtig — er will mir meinen Sohn wegschnappen für seine Tochter. — Franz hat Recht, die Schlösser fest. — Die ganze Welt ist voller Spitzbuben! Lauter Räuberbande! Augen offen — Taschen zu! (Schnell ab.)

(Ende des zweiten Aktes.)

Dritter Akt.

(Weichbrod's Cabinet. Bureau, Geldspind, Bibliothek. Tisch in der Mitte. Mittel- und Seitenthüren.)

Scene 1.

Henriette. Johann. (Dann) Anna.

Henriette (zu Johann, der eine Wage hält). Was wollen Sie mit der Wagschale?

Johann. Herr Weichbrod hat mir befohlen, sie zu kaufen.

Anna (von rechts). Madame — der Herr verlangt die Rechnungen vom ganzen Jahr.

Henriette. Und heute Morgen mußte ich ihm mein Ausgabe=
buch zeigen. —

Anna. Ja — darin rechnet er jetzt grade, Madame.

Henriette (für sich). Unbegreiflich! Was ist denn plötzlich mit ihm?

Scene 2.

Vorige. Weichbrod.

Weichbrod (von rechts, mit einem Wirthschaftsbuch). Johann!

Johann. Hier ist die Wagschale, Herr Weichbrod.

Weichbrod (sie nehmend). Ist sie auch richtig? — Von jetzt ab
werde ich Alles selbst nachwiegen. — Ihr könnt gehen. (Johann und
Anna ab.)

Scene 3.

Henriette. Weichbrod. (Dann) Johann (und) Anna.
(Später) Ludwig.

Henriette. Woher denn plötzlich dieses Mißtrauen, lieber Mann?

Weichbrod. Das Leben ist ein Spaziergang — ich war auf
falschem Wege und habe mir deshalb eine Brille aufgesetzt, mich
wieder zurecht zu finden.

Henriette. Du wirst Dich dabei sehr unglücklich fühlen.

Weichbrod. Durchaus nicht — ich bin sehr heiter — ich studire
mit großem Vergnügen alle kleinen und großen Spitzbübereien unserer
lieben Menschenbrüder — der schlechtesten Thiergattung auf dieser Erde.

Henriette. Du warst ihnen doch so lange zugethan.

Weichbrod. Ich war ein Narr und will mich ernstlich bessern.
Wenn mich nur heut Jemand um eine große Gefälligkeit bäte, ich
könnte mich ungeheuer darüber freuen.

Henriette. Siehst Du? Daran erkenne ich Dein Herz.

Weichbrod. Ich nicht. Ich würde ihm Alles abschlagen. Ich
babe mich in der Wonne, die ganze Menschheit im Stich zu lassen. —

Henriette (lachend). Das ist ja förmliches Heidenthum.

Weichbrod. Nein — es ist Civilisation. — Da nimm Dein
Wirthschaftsbuch — Deine Putzmacherin ist ein Spitzbube. (Henriette
legt das Buch fort.) Ich habe Alles genau nachgerechnet — lauter Ueber=
vortheilungen —

Anna (eintretend). Madame, ich kann den Schlüssel zum Schrank nicht finden —

Weichbrod (den Schlüssel aus der Tasche ziehend). Da ist er — geben Sie ihn mir nachher gleich wieder.

Johann (eintretend). Wo ist denn der Schlüssel zum Büffet?

Weichbrod. Da ist er — aber bald wiedergeben — (Johann und Anna ab.)

Henriette. Mann — Du trägst wohl die Schlüssel vom ganzen Hause bei Dir?

Weichbrod. Wenn die Zuckerdosen reden könnten, würden sie Dir sagen, daß es für einen Schlüssel keinen besseren Platz giebt, als die Tasche des Herrn.

Ludwig (von links). Du hast mich rufen lassen, Papa?

Weichbrod. Ja — wegen einer Aufklärung — in Deinem Ausgabebuch, da steht alle Augenblick: Für Diverses 10 Thaler — was ist das für Diverses? Ich will's genau wissen —

Ludwig. Aber, Papa.

Weichbrod. Dieses Diverse kommt mir höchst verdächtig vor. Heraus damit —

Johann (eintretend). Herr Weichbrod — der Schlächter ist da —

Weichbrod. So? Eben recht! — Ich komme. (Sich die Hände reibend.) Dem Burschen will ich die Hölle heiß machen. (Mit Johann ab.)

Scene 4.

Ludwig. Henriette. (Dann) Franz (und) Theodor.

Ludwig. Was soll denn dieses Benehmen Papa's bedeuten?

Henriette. Ich weiß es nicht — er ist nicht wiederzuerkennen — er scheint krank —

Franz (mit Theodor durch die Mitte). Nur herein, Schlingel, und schlage die Augen nieder! — (Er kommt nämlich direkt aus dem Schularrest.

Theodor. Aber, Papa —

Franz (wüthend). Still! sage ich — schlage die Augen nieder!

Theodor (bei Seite). Er ist grimmig — aber er hat bezahlt.

Henriette. Entschuldige mich — eine häusliche Besorgung — (Rechts ab.)

Franz. So — nun sind wir allein — nun wollen wir 'mal ein Bischen mit einander reden. — Verlaß uns, Ludwig. (Ludwig will gehen; Theodor hält ihn am Rockschoß zurück. Franz es bemerkend). Geh', geh', Ludwig! (Ludwig ab.)

Scene 5.

Franz. Theodor. (Dann) Ludwig.

Franz. Komm' näher, liederlicher Tunichtgut! Vor Allem, wie bist Du zu Deinen Schulden gekommen? (Faßt ihn am Ohre.) Heraus damit! — Wird's bald?

Theodor (schreit). Au! Ich will ja Alles sagen. (Franz läßt ihn los). Im Anfang brauchte ich 50 Thaler — ein Möbelhändler — ein sehr braver und würdiger Mann — war gleich bereit, mir die Summe zu leihen — ohne alle Interessen.

Franz (erstaunt). Ah — das war sehr loyal!

Theodor. Nur drei Kommoden mußte ich ihm dabei abkaufen, für die er keinen Raum mehr hatte. Dann ließ mich der brave Mann zusammen einen Wechsel über 200 Thaler unterschreiben.

Franz. Du sagtest fünfzig.

Theodor. Ganz recht — aber ohne Kommoden.

Franz. 150 Thaler — drei Kommoden — das ist ja sündentheuer!

Theodor. Jawohl, zumal wenn man die Kommoden nicht braucht.

Franz. Und dann?

Theodor. Dann kam der Verfalltag — ich konnte nicht bezahlen —

Franz. Da hättest Du mir schreiben müssen.

Theodor. That ich auch; aber Du antwortetest mir in Deinem gewohnten Style: „Ich kenne die Geschichten! Dein treuer Vater."

Franz (nach einer Pause). Weiter.

Theodor. Der Möbelhändler drängte auf's Aeußerste — da machte ich die Bekanntschaft eines Shawlhändlers — außerordentlich netter Mensch — er lieh mir gleich die 200 Thaler, mit derselben Menschenfreundlichkeit ohne alle Interessen, verkaufte mir dabei einen Shawl gegen Accept eines Wechsels über 400 Thaler.

Franz. Ein theurer Shawl. — Ist aber einmal als Brautgeschenk zu verwenden — gieb ihn mir zum Aufheben.

3*

Theobor. Sehr gern, Papa. (Giebt ihm ein Papier.) Da!

Franz. Das — das ist ja ein Pfandschein! — Nichtsnutziger Schlingel — Du hast den Shawl versetzt?

Theobor. Ja — mich hungerte sehr — den Shawl konnte ich doch nicht essen —

Franz. Bei dem Gelde, das Du nach Deinem Briefe verdientest, hungerte Dich?

Theobor. War freie Phantasie mit dem Verdienen — ich hatte keine Arbeit — ich bin oft ohne Abendbrod zu Bett gegangen.

Franz (bei Seite). Oh, mein Gott! — Ohne Abendbrod zu Bett gegangen? — Armer Junge! — Wie mager er geworden ist — (Laut.) Theobor!

Theobor. Papa?

Franz. Wahr ist's — Du bist ein liederliches Subjekt — aber wenn Du mir geschrieben hättest, daß Dich hungerte — (die Arme ausbreitend) — Komm' an mein Herz, Junge. Mir schaudert bei dem Gedanken, daß Du gehungert hast! — (Umarmung. Ludwig tritt ein. Weinend.) Lieber Ludwig! — Laß doch gleich drei oder vier Beaffsteals holen — und zwei Flaschen Porter=Bier.

Ludwig. Ich werde im Eßsaal serviren lassen.

Franz. Aber für mich laß nicht decken; ich habe keinen Hunger.

Theobor (bewegt). Ich jetzt auch nicht.

Franz. Das ist egal — ich will Dich essen sehen — tüchtig essen — Du sollst wieder stärker werden. — Gieb mir Deinen Arm! — So! — Armer Theobor! — (Seinen Arm befühlend, bei Seite.) Wie mager das alles ist! Lauter Knochen! (Faßt sich bei den Haaren.) Ich Rabenvater, ich! (Küßt ihn.) Jetzt vorwärts, mein Junge! Komm — geschwind! (Mit Theobor links ab.)

Scene 6.

Ludwig. Weichbrod. (Dann) Johann.

Ludwig (lachend). Der arme Theobor — er wird sich den Magen verderben.

Weichbrod (sich die Hände reibend, von links). Ich habe das Fleisch nachgewogen — sechs Loth zu wenig — zwei große Knochen — spitzbübische Menschheit! Verworfene Art in scheußlichster Gestalt!

Ludwig. Papa, es ist halb zwölf.

Weichbrod. Nun?

Ludwig. Um zwölf wollte Herr Oberg die 10,000 Thaler holen lassen —

Weichbrod. Richtig! Das hatte ich vergessen.

Ludwig (erstaunt). Wie? — Es handelt sich um einen Freund — Dein Herz wird Dir die Erinnerung wiedergeben. Auf Wiedersehen, Vater! (Ab.)

Weichbrod. Das Herz? — Das Organ ist in meinem Alter etwas abgeschwächt. — Was mein Junge romantisch wird — das taugt nichts —

Johann. Lieber Herr Weichbrod — ein Mann, der um 'ne Wohnung fragt.

Weichbrod. Wohnung? Soll kommen! Wird 'ne Ausrede sein — wer weiß, was der Bandit will.

Scene 7.

Weichbrod. **Schellmann** (in seinem Aeußern ganz verlumpt).

Weichbrod (bei Seite). Das Exterieur ist grade nicht empfehlens-werth als Miether. (Laut.) Was wollen Sie?

Schellmann. Wohnung miethen. Sie sind doch der Herr, den sie überall spöttisch den guten Hauswirth nennen, wo man die ersten zwei Jahre an Miethezahlen gar nicht zu denken braucht?

Weichbrod. Herr, wer hat Ihnen solche Märchen aufgebunden? Im Gegentheil — voraus muß bei mir bezahlt werden und gleich auf zwei Jahre voraus — darunter thu' ich's nicht.

Schellmann. So, so — na ereifern Sie sich nicht erst, Männ-chen! Wenn ich überhaupt Miethe zahlen könnte und wollte — noch kann mir Niemand nachsagen, daß ich jemals auch nur ein Quartal nachher, viel weniger voraus gezahlt habe. Adjes! Nichts für un-gut, Herr Wirth mit zwei Quartalen voraus! Hahaha! (Unter Bück-lingen höhnisch lachend ab.)

Scene 8.

Weichbrod. (Dann) **Johann.**

Weichbrod (allein, ein Packet Bankbillets aus einem Spind nehmerd). Also zu der Leute Gespött bin ich durch meine Güte geworden! Soll

aber nun anders werden! Da sind die 10,000 Thaler für Oberg —
lauter ganz neue Scheine — im glücklichsten Falle bekommt man alte
wieder zurück — wenn man sie überhaupt zurückbekommt — (zählend)
1, 2, 3, 4 — wird allerdings bei Oberg der Fall sein, — 5, 6, 7, 8 —
aber unvorsichtiger Mensch, der Oberg, — 9, 10, 11, 12 — hat sein
Schiff nicht versichert, — 13, 14 — wenn's Seeräuber erwischt hätten,
— 15, 16 — wo blieb ich denn stehen? — Muß nochmals von vorn
anfangen — 1, 2, 3, 4 — schreckliche Hitze hier, — 5, 6, 7 — weil
ich Geld verborgen soll, das macht mir warm — 8, 9, 10 — und
— 11, 12 — am Ende hat Oberg überhaupt gar kein Schiff!
— 13, 14 — sagen kann das Jeder; habe ich es gesehen? — 15,
16, 17, 18 — Franz würde ihm das Geld nicht geben, und der hat
keine so große Familie, — 19 — weshalb soll ich es denn thun?
— 20, 21 — ich habe eine Frau — 22 — und 'nen Sohn — 23 —
ich kann's gar nicht verantworten — (Steckt das Geld schnell in die Tasche.) —
Ich werde ihm schreiben. (Setzt sich und schreibt.) „Lieber Freund! Ein
unvorhergesehenes Ereigniß verhindert mich, Dir die 10,000 Thaler
zu leihen — ich bin untröstlich darüber. Dein treuer Freund Julius
Weichbrod." Gewöhnliche Schlußphrase, wenn man nichts hergeben
will. (Er klingelt. Johann tritt ein.) Johann, den Brief schnell an seine
Adresse. Antwort ist unnöthig. (Johann ab.)

Weichbrod. Aber mein Gott — was that ich gegen einen so
braven, langjährigen Freund? Ich bin ja ein wahres Scheusal geworden! Ich will ihn zurückrufen! (Rufend.) Johann! Johann!
Er ist fort — besser so — nur consequent — ich werde zu Stein —
wie die Andern.

Scene 9.
Weichbrod. Oberg. Johann.

Oberg (draußen zurücksprechend, dann auftretend). Ein Brief für mich
— geben Sie her — (Nimmt einen Brief.)

Weichbrod (bei Seite). Herrgott! Da ist er selbst!

Oberg (mit dem Brief näher kommend). Mein alter Herzensfreund!
— Denke Dir mein Glück — ich bin vollständig aus aller Verlegenheit gerettet!

Weichbrod. Wie?

Oberg. Mein Schiff ist schon angekommen am Landungsplatze

— eben Depesche erhalten. — Dennoch danke ich Dir, lieber, opfer=
williger Freund — gieb mir 'nen Kuß!

Weichbrod. Einen Kuß? Mit Vergnügen! (Umarmung. Bei
Seite.) Donnerwetter, mein Brief!

Oberg. Ich flog gleich hierher, Dir zu sagen, daß ich die
10,000 Thaler nicht mehr brauche.

Weichbrod (bei Seite). Wenn ich das geahnt hätte. Die Strafe
folgt auf dem Fuße! Geschieht mir ganz recht.

Oberg. Julius — mein lieber, alter Julius. (Drückt ihm die Hand.)

Weichbrod (genirt). Gustav — mein herziger Gustav! (Bei
Seite.) Höllischer Lügengeist — hebe Dich weg von mir!

Oberg. Drohungen von Schicksalsschlägen haben manchmal
auch ihr Gutes — sie lehren wahre Freunde einander erkennen.
(Legt die Hand mit dem Brief auf Weichbrods rechte Schulter; Weichbrod greift nach
dem Brief; Oberg zieht die Hand zurück und legt sie auf seine linke Schulter.) Ich
werde nie vergessen, was Du für mich zu thun bereit warst.

Weichbrod (nach dem Briefe sehend). Ach, laß doch das!

Oberg. Aber unsere Kinder, die sollen es genießen — die sollen
ewig glücklich sein! Ludwig hat schon mit mir gesprochen.

Weichbrod. Ich weiß schon — ja — unsere Kinder — die
— die sind nicht so schlecht wie —

Oberg. Was? Unsere Kinder schlecht?

Weichbrod. Nicht wie andere Kinder, meine ich —

Oberg. Ach so! Sieh' mal, Julius, in meiner gestrigen Lage
— möglicherweise ruinirt — konnte ich den braven Jungen nur mit
Hoffnung abspeisen — ohne Mitgift hätte ich ihm meine Louise nie
gegeben.

Weichbrod (ihm die Hand drückend). Mein alter Gustav!

Oberg. Heute aber bin ich reich, wer weiß — vielleicht reicher
als Du; dem Glück der Kinder steht nichts mehr entgegen.

Weichbrod (bei Seite). Der Brief — der Brief — wenn ich
den Brief erst wieder hätte. (Greift danach.)

Oberg. Was ist Dir denn? — Ach — Dein Brief —

Weichbrod (gezwungen lächelnd). Er ist schon erledigt — gieb ihn
mir wieder.

Oberg. Gewiß neue Freundschaftserbietungen — das thut auch
jetzt noch wohl. — Ich muß ihn lesen. (Den Brief öffnend.) O, mein
Gott!

Weichbrod (bei Seite). Was ihm nun sagen?

Johann (kommt durch die Mitte, stußt bei Oberg's Worten und horcht).

Oberg (lesend). „Ein unvorhergesehenes Ereigniß verhindert mich" — Ah — mein armer Freund. — Nun begreife ich. Es ist also wahr — man munkelte schon immer von Deinem Banquier — Weichbrod. Munkelt? Was hat man zu munkeln?

Oberg. Er sei flüchtig geworden.

Weichbrod. Herrgott! Er hat 70,000 Thaler von mir in Händen — ich bin ruinirt!

Johann. Ruinirt.

Oberg. Ein harter Schlag! Aber sei ruhig, armer Freund. Gott schickt zu den Schlägen auch bald die Hülfe! — Muth — Muth — auf Wiedersehen! (Schnell ab.)

Scene 10.

Weichbrod. Johann.

Weichbrod (sich setzend). Da geht er hin und verläßt mich — nach dem großen Dienst, den ich ihm — beinahe erwiesen hätte. — Den sehe ich nie wieder. — (Johann bemerkend.) Schon da, der Mensch wird gewiß gleich seinen Lohn von mir verlangen. (Johann schluchzt.) Ah — ich kenne die Geschichten! — Er heult Theilnahme, um noch ein gutes Zeugniß zu bekommen.

Johann (schluchzend). Guter, lieber Herr Weichbrod — wenn Sie auch nicht mehr so reich sind — wir bleiben doch beisammen. Nicht wahr — Sie machen mir die Freude, der Lohn bleibt einstweilen stehen — und das bischen Essen und Trinken fällt wohl noch mit ab — ich brauche ja nicht viel.

Weichbrod (erstaunt). Wie? — Sie wollten — Sie? — Du —

Johann (schluchzend). Im Unglück, lieber Herr Weichbrod, kann ich Sie ja erst recht nicht verlassen.

Weichbrod. Er weint wirklich.

Johann. Ein so guter Herr — der allen Menschen Wohlthaten erzeigte — der mir selber einmal Lakritzensaft holte, als ich den schlimmen Husten hatte — (Schluchzt.)

Weichbrod (schluchzend). Lieber Johann — es schmerzt mich tief, ruinirt zu sein — aber es macht mir auch wieder unbeschreibliche Freude — (Beide schluchzen).

Johann (bei Seite). Schmerz und Freude? Mein Gott, das plötzliche Malheur hat ihn schon ganz verwirrt gemacht.

Scene 11.

Vorige. Henriette. Ludwig.

Henriette (mit Ludwig von links). Wie — Thränen?

Ludwig. Was giebt es denn?

Johann. Ach, Madame — unser lieber, guter Herr ist ja ruinirt und auch hier — (Deutet nach dem Kopf.)

Henriette und Ludwig. Ruinirt? Warum nicht gar!

Weichbrod. Jawohl — durch zu großes Vertrauen — nennt's lieber gleich Dummheit. — Mein Banquier ist davongelaufen.

Henriette. Großer Gott!

Ludwig. Papa!

Henriette. Jetzt begreife ich erst die Einschränkungen, die Du einführen wolltest. Beruhige Dich, liebes, braves Männchen, ich werde meine Brillanten, meine Spitzen verkaufen —

Weichbrod. Das treffliche Weib — Sie will sich von ihren Brillanten trennen —

Ludwig. Und ich will fleißig arbeiten —

Weichbrod. Braver Junge!

Henriette. Du sollst zwischen unsern beiden Herzen nichts von Elend empfinden —

Johann. Bitte, bitte! Nehmen Sie mein Herz als drittes dazu. — (Alle vier schluchzen.)

Weichbrod (Henrietten's und Ludwigs Arme unter die seinen ziehend). Wenn Ihr wüßtet, wie wohl Ihr mir jetzt thut. — Ich fange wieder an, meinen früheren Glauben zu gewinnen, — an die Familie — ein wenig auch an die Dienstboten — nur die Schuster und Schlächter sind noch — (Zu Johann.) Lieber Johann — Ihre Gutmüthigkeit absolvirt Sie —

Johann. Wovon denn, Herr Weichbrod?

Weichbrod. Ah — die elenden Paar Stücke Zucker — die gestern fehlten —

Johann. Oho! — die hat der junge Herr Theodor stipitzt — zu Zuckerwasser.

Weichbrod (bei Seite). Und ich hatte den wackern Johann in Verdacht. (Holt eine Menge Schlüssel aus der Tasche.) Da, Johann. — Ich — ich hatte die Schlüssel nur zu mir genommen — um — um sie zu putzen.

Scene 12.

Vorige. Drüfenberg.

Drüfenberg (schnell und sehr bewegt eintretend). Armer, guter Herr
Weichbrod!

Weichbrod. Was giebt's denn?

Drüfenberg. Eben höre ich von dem Unglück, das Sie be=
troffen. Das ändert die Sache — ich bringe Ihnen zwei Quartale
baar auf Abschlag. (Giebt ihm Papiergeld.) Mehr kann ich jetzt nicht
— doch bis zu Ende des Monats —

Weichbrod. Aber es eilt ja noch nicht so sehr. (Thränen unter=
drückend, sich mit Drüfenberg's Geld=Scheinen die Augen trocknend.) Drüfenberg —
was machen Sie denn? — Weinen Sie doch nicht — (bei Seite)· sein
Herz ist viel besser als sein Leder — (Laut, mit großer Wärme.) Drüfen=
berg, ich brauche ein Paar Stiefeln!

Drüfenberg. Ich habe jetzt gerade keine Zeit, Herr Weich=
brod — Sie haben ja auch noch so viel Vorrath. Wir können vor=
läufig das Maaß zerreißen — (Zerreißt das Maaß.)

Weichbrod (bei Seite). Wahrhaft erhaben! — Ich glaube auch
schon wieder an die Schuster! —

Scene 13.

Vorige. Franz. Theodor.

Franz (mit Theodor von links). Schöne Geschichten das! — In
Deinem Alter! — Hab' ich längst vorhergesehen. — Wer sich immer
so an der Nase herumführen läßt —

Theodor (bei Seite)· Der arme Onkel!

Weichbrod (bei Seite). Das ist so eine liebreiche Manier zu
trösten.

Franz. So! Wirklich? (Denkt erst nach, dann setzt er sich und schreibt.)

Theodor (zieht die Brillantnadel aus seinem Oberhemd und bietet sie Weich=
brod; leise.) Lieber Onkel, darf ich es wagen, Dir das anzubieten; es
ist Alles, was ich habe.

Weichbrod. Ich danke Dir — vielleicht später — wenn es
nöthiger wird. — (Bei Seite.) Lieber Junge — und ich habe ihm
100 Thaler abgeschlagen — die Neffen sind auch gut — nur die Restau=

rateure — und die Brüder, die taugen wirklich nichts. — Da sitzt der Mensch und schreibt ganz ruhig 'nen Brief —

Franz (aufstehend, drükt zu Weichbrod). Unterzeichne das 'mal — Einfaltspinsel!

Weichbrod. Was ist es denn?

Franz. Eine neue Association zwischen uns — Du mußt doch Dein verlorenes Vermögen wiedergewinnen —

Weichbrod (ihm an die Brust stürzend). Franz — Franz! — Lieber Bruder Franz!

Scene 14.
Vorige. Oberg. Louise.

Oberg (mit Louise — Weichbrod in Franzen's Armen sehend). Muth, Muth, lieber Julius — es wird bald alles wieder gut!

Ludwig und Henriette. Herr Oberg!

Oberg (Weichbrod ein Papier gebend). Da! — Unterschreibe das 'mal!

Weichbrod. Wie? —

Oberg. Association zwischen uns.

Weichbrod. Noch eine!? Danke herzlichst, wenn ich's auch ablehnen muß. Bin schon dort associirt. (Ihm an die Brust stürzend.) Gustav! — (Bei Seite, sich mit dem Papier die Augen wischend.) Und ich schlechtes Subjekt konnte glauben, er würde nicht wiederkommen. — An die Freunde darf man also auch glauben.

Oberg. Nun — wie ist's jetzt mit unsern Kindern?

Weichbrod. Das geht nicht — mein Sohn hat kein Vermögen.

Oberg. Du willst mich mit meinen eigenen Aeußerungen strafen — wird aber nicht acceptirt. Das Glück kehrt ja von allen Seiten wieder ein, da müssen es doch die Kinder zunächst theilen.

Ludwig. Und es sieht auch gar nicht so schlimm mit Dir aus, Papa, — wie Du vielleicht denkst. — Als Dein Procurant habe ich die 70,000 Thaler von Mayer vorige Woche zurückgezogen und in der Bank deponirt.

Alle. Welches Glück!

Weichbrod. Wäre es möglich, ich wäre wieder reich —

Oberg. Na — bist Du nun zufrieden?

Weichbrod. Ja — das heißt nein — ich muß erst wieder ganz werden, wie ich war. Schauderhaftes Gefühl, mit warmen

'Herzen geboren, so an der Menschheit zweifeln zu sollen. Ich habe
an Allen gezweifelt, auch an Dir, lieber Gustav — ich bekenne Dir
das einmal später, wenn ich erst wieder ganz im vollen Glauben bin,
daß alle Menschen Brüder sind und sich als solche helfen müssen.
Die Welt ist doch ehrlich — laßt mich leben und sterben in dem
Glauben! — Ihr seht ja doch, er hat sich an mir bewährt — zuletzt
hat sich auch nicht Einer wirklich als Spitzbube gezeigt, den ich dafür gehalten — Drüsenberg, nehmen Sie Ihre zwei Quartale wieder!
Ich brauche sechs Paar Stiefeln!

(Ende.)

Herz ist viel besser als sein Leber — (Laut, mit großer Wärme.) Drüsenberg, ich brauche ein Paar Stiefeln!

Drüsenberg. Ich habe jetzt gerade keine Zeit, Herr Weichbrod — Sie haben ja auch noch so viel Vorrath. Wir können vor-
läufig das Maaß zerreißen — (Zerreißt das Maaß.)

Weichbrod (bei Seite). Wahrhaft erhaben! — Ich glaube auch
schon wieder an die Schuster! —

Scene 13.

Vorige. Franz. Theodor.

Franz (mit Theodor von links). Schöne Geschichten das! — In
Deinem Alter! — Hab' ich längst vorhergesehen. — Wer sich immer
so an der Nase herumführen läßt —

Theodor (bei Seite). Der arme Onkel!

Weichbrod (bei Seite). Das ist so eine liebreiche Manier zu
trösten.

Franz. So! Wirklich? (Denkt erst nach, dann setzt er sich und schreibt.)

Theodor (zieht die Brillantnadel aus seinem Oberhemd und bietet sie Weichbrod; leise.) Lieber Onkel, darf ich es wagen, Dir das anzubieten; es
ist Alles, was ich habe.

Weichbrod. Ich danke Dir — vielleicht später — wenn es
nöthiger wird. — (Bei Seite.) Lieber Junge — und ich habe ihm
100 Thaler abgeschlagen — die Neffen sind auch gut — nur die Restau-

rateure — und die Brüder, die taugen wirklich nichts. — Da ſitzt der Menſch und ſchreibt ganz ruhig 'nen Brief —

Franz (aufſtehend, drück zu Weichbrod). Unterzeichne das 'mal — Einfaltspinſel!

Weichbrod. Was iſt es denn?

Franz. Eine neue Aſſociation zwiſchen uns — Du mußt doch Dein verlorenes Vermögen wiedergewinnen —

Weichbrod (ihm an die Bruſt ſtürzend). Franz — Franz! — Lieber Bruder Franz!

Scene 14.

Vorige. Oberg. Louiſe.

Oberg (mit Louiſe — Weichbrod in Franzen's Armen ſehend). Muth, Muth, lieber Julius — es wird bald alles wieder gut!

Ludwig und Henriette. Herr Oberg!

Oberg (Weichbrod ein Papier gebend). Da! — Unterſchreibe das 'mal!

Weichbrod. Wie? —

Oberg. Aſſociation zwiſchen uns.

Weichbrod. Noch eine!? Danke herzlichſt, wenn ich's auch ablehnen muß. Bin ſchon bort aſſociirt. (Ihm an die Bruſt ſtürzend.) Guſtav! — (Bei Seite, ſich mit dem Papier die Augen wiſchend.) Und ich ſchlechtes Subjekt konnte glauben, er würde nicht wiederkommen. — An die Freunde darf man alſo auch glauben.

Oberg. Nun — wie iſt's jetzt mit unſern Kindern?

Weichbrod. Das geht nicht — mein Sohn hat kein Vermögen.

Oberg. Du willſt mich mit meinen eigenen Aeußerungen ſtrafen — wird aber nicht acceptirt. Das Glück kehrt ja von allen Seiten wieder ein, da müſſen es doch die Kinder zunächſt theilen.

Ludwig. Und es ſieht auch gar nicht ſo ſchlimm mit Dir aus, Papa, — wie Du vielleicht denkſt. — Als Dein Procurant habe ich die 70,000 Thaler von Mayer vorige Woche zurückgezogen und in der Bank deponirt.

Alle. Welches Glück!

Weichbrod. Wäre es möglich, ich wäre wieder reich —

Oberg. Na — biſt Du nun zufrieden?

Weichbrod. Ja — das heißt nein — ich muß erſt wieder ganz werden, wie ich war. Schauderhaftes Gefühl, mit warmen

Herzen geboren, so an der Menschheit zweifeln zu sollen. Ich habe an Allen gezweifelt, auch an Dir, lieber Gustav — ich bekenne Dir das einmal später, wenn ich erst wieder ganz im vollen Glauben bin, daß alle Menschen Brüder sind und, sich als solche helfen müssen. Die Welt ist doch ehrlich — laßt mich leben und sterben in dem Glauben! — Ihr seht ja doch, er hat sich an mir bewährt — zuletzt hat sich auch nicht Einer wirklich als Spitzbube gezeigt, den ich dafür gehalten — Drüsenberg, nehmen Sie Ihre zwei Quartale wieder! Ich brauche sechs Paar Stiefeln!

(Ende.)